novum premium

Arno A. Gander

Mehr Seelen Meer

novum premium

Bibliografische Information
der Deutschen Nationalbibliothek:

Die Deutsche Nationalbibliothek
verzeichnet diese Publikation in
der Deutschen Nationalbibliografie.
Detaillierte bibliografische Daten
sind im Internet über
http://www.d-nb.de abrufbar.

ISBN 978-3-903861-41-1
Lektorat: Thomas Ladits
Umschlagfoto:
Cristina Conti | Adobe Stock
Umschlaggestaltung, Layout & Satz:
novum Verlag
Innenabbildungen:
siehe Bildquellennachweis S. 80

Gedruckt in der Europäischen Union
auf umweltfreundlichem, chlor- und
säurefrei gebleichtem Papier.

www.novumverlag.com

Für Euch

Amore mio
&
Priyatam (Darling) Daughter
as always

Inhaltsverzeichnis

Objekt der Begierde

Was glauben Sie, werter Leser? Kann es so etwas wie eine sorglose, glückliche Kindheit geben? Ich habe da so meine Zweifel. Meist ist das, was wir als Kinder so erleben, kompliziert und verwirrend. Und können wir uns als Erwachsene überhaupt sicher sein, dass wir nicht, in Verklärung der Dinge, einer konstruierten Erinnerung nachhängen, die wenig mit der damaligen Wirklichkeit zu tun hat?

Da lag es nun vor mir, das Objekt der Begierde, das abgegriffene Portemonnaie meiner Mutter. Ein einfacher Geldbeutel aus rotem, speckigem Leder mit vergoldetem Klippverschluss. Und darin, eingebettet in ein zerschlissenes, weißes Stofffutter, ein paar Schillinge, die mir zu meiner allerersten Schokolade aus dem Tante-Emma-Laden von Zanettis verhelfen sollten – für uns Kinder aus mittellosen Verhältnissen damals ein schier unerreichbarer Schatz. Die Schublade des alten Küchentisches hatte sich schreiend wie ein störrischer Esel geöffnet, was mir, den erschwerenden Umständen geschuldet, das Blut in den Adern gefrieren ließ. Mit zitternden Fingern und immer mit der Angst im Nacken, auf frischer Tat ertappt zu werden, nahm ich die Geldbörse an mich und schlich als Dieb des schwer erarbeiteten Haushaltsgelds meiner Mutter aus dem Haus. Das ausgeräumte Portemonnaie warf ich kurzerhand in den Dorfbach. Nichts sollte mehr auffindbar sein, nichts mehr nachweisbar. In der Hoffnung, dass dann der Verdacht auf den fahrenden Scheren- und Messerschleifer fallen würde, der regelmäßig bei uns seine Dienste anbot. Er war mir sowieso nie sonderlich sympathisch gewesen! Den Erwerb der Schokolade verschob ich vorsichtshalber und vergrub das Geld unter unserer Baumhütte am Ufer der Bregenzer Ach. Als offensichtlich abgebrühter, professioneller Gauner wollte ich bei Zanettis mit meinem plötzlichen Reichtum keinen Verdacht schöpfen und daher abwarten, bis Gras über die Sache gewachsen war.

Was aber nun folgte, war eine seltsame und beunruhigende Erfahrung für ein Kind von zehn Jahren. Meine Eltern erwähnten mit keinem Wort den Verlust von einem, wie es mir schien, nicht geringen Anteil ihres Haushaltsgelds. Es herrschte keine Aufregung darüber, kein Jammern war zu hören und schon gar keine Verdachtsäußerung irgendjemandem gegenüber. Und damit begann für mich eine lange, qualvolle Leidensgeschichte. Von nun an stieß ich in den alleruntersten Katakomben des Schlafes, wo es immer kalt und feucht ist, wieder und wieder auf mein Verbrechen. Jahrelang wurde ich von Albträumen geplagt, erwartete jederzeit die Strafe Gottes oder zumindest die Exkommunikation, nachdem ich vor unserem Pfarrer die Beichte darüber abgelegt hatte. Ich wagte in der Folge nicht, meinen Schokoladetraum zu verwirklichen. Schlussendlich traute ich mich überhaupt nicht mehr, das Geld anzufassen, warf es schließlich Monate später in einem verzweifelten Anfall in den nebelverhangenen See. Doch damit war es nicht vorbei. Die Albträume blieben, flammten immer wieder auf. Und ich trug das Geheimnis mit mir herum wie einen verborgenen Makel, wie eine schwärende Wunde. Bis die Zeit dann doch gnädig den Mantel des Vergessens darüber ausbreitete und das Damals verblassen ließ. Schule, Studium, die ersten Liebschaften, Heirat und Kinder und die beruflichen Herausforderungen ließen immer weniger Zeit für Erinnerungen an etwas Dunkles in meiner Kindheit. Die Träume verzogen sich, wichen zurück.

Mit den Jahren nun passten sich mein Gesicht und meine Statur immer mehr dem in meinem Pass angegebenen Alter an, und ich vergaß dabei auch nicht, grau zu werden. Und plötzlich, im reifen Mannesalter, waren sie wieder da, die Albträume. Eine Mutter, die immerzu weint, ob ihres missratenen Sohnes. Schwestern, die hungern, weil ihr Bruder sie so hartherzig und kriminell um ihr tägliches Brot bringt. Aber immer, wenn ich schweißgebadet aus diesen Träumen aufgewacht bin, war ich mir nicht mehr sicher, ob sich wirklich alles so abgespielt hatte. Vierzig Jahre verdünnen die Erinnerung und sie können trügen. Hatte es sich wirklich so zugetragen oder hatte ich mir das alles nur eingebildet? Ist das, was wir als Wahrheit zu erkennen glauben, wirklich die Wahrheit, oder scheint es uns nur so? Warum sich also weiterhin von Träumen plagen lassen, wenn die Wahrheit vielleicht doch eine ganz andere sein könnte? Und sollte ich wirklich ein gemeiner Dieb gewesen sein, so konnte ich endlich bei meiner Mutter mein Verbrechen gestehen und mein Gewissen erleichtern.

Vorher wollte ich mich aber vergewissern und wer, wenn nicht meine Mutter selbst, konnte mir dabei helfen? Ein paar Jahre später und ihre aufziehende Alzheimer-Erkrankung hätte dies nicht mehr möglich gemacht. Aber noch war sie bei Sinnen, im Vollbesitz ihrer geistigen Kräfte. Sie saß am Küchentisch, als ihr Sohn erwartungsvoll den Raum betrat. Nach dem Tod unseres Vaters war sie merklich gealtert und ihr sprichwörtlicher Galgenhumor hatte sie für immer verlassen. Ich begann sofort mit dem unangenehmen Verhör: „Mama, kannst du dich noch erinnern? In unserer alten Küche… da war doch in der Tischschublade immer das rote Portemonnaie. Und… na ja, das ist doch mal weggekommen. Weißt du noch?" Gespannte Stille. Ein Missklang hing für einige Sekunden im Raum. Und die Nervosität toste erst so richtig durch meinen Körper, als die Fragen raus waren. Sie sah mich mit ernsten Augen an: „Welches rote Portemonnaie? Ich weiß nicht, was du meinst." Pause. „Aber Mama… ist damals nicht das Haushaltsgeld geklaut worden?" Kurzes Kopfschütteln: „Nein, davon weiß ich nichts. Aber warum fragst du sowas?"

Nach einigem Hin und Her beließ ich es einfach dabei. Ich hatte die Antwort bekommen, auf die ich gehofft hatte, war also unschuldig, hatte mir alles nur eingebildet. Meine Erinnerung hatte mir einen Streich gespielt, mir viele Jahre schlechten Gewissens beschert, für nichts und wieder nichts. Das rote Portemonnaie hatte es nie gegeben! Oder wollte sie mich einfach nur schonen und alles auf sich belassen? Schließlich war ja alles sozusagen schon verjährt. Oder hatte sie es einfach schlichtweg vergessen? Die leisen Zweifel blieben.

In den folgenden Jahren mussten wir uns zuerst langsam und dann immer schneller von unserer Mutter verabschieden. Irgendetwas räumte ihren Kopf leer, ihr Gedächtnis auf, schied alles aus. Auch die Erinnerung an ihre Kinder. Und dann starb sie einen gnädigen Tod und wir Zurückgelassenen waren angehalten, alle notwendigen Formalitäten zu erledigen. Dazu zählte auch das seelen- und kräftezehrende Ausräumen der mütterlichen Wohnung. Schließlich war es fast geschafft, nur im Schlafzimmer stand noch der alte Schreibtisch. Verstaubt und voller Krimskrams musste auch der noch geleert und entsorgt werden. Eine der Schubladen ging schwer auf, erinnerte mich mit ihrem Kreischen an längst vergangene Kindertage. Und dann traute ich meinen Augen nicht und mein Herz raste. Ganz hinten, im dunkelsten Winkel lag er wieder, der Geldbeutel aus rotem, speckigem Leder mit goldenem Klippverschluss – das Objekt der Begierde…

Baum des Lebens

Ich seh nach oben, bin ganz klein,
fühl mich geborgen und ganz mein.
Schützend stehst Du über mir,
gibst mir Halt, ich danke Dir.

Hältst das Unheil von mir fern,
fühle Deinen starken Kern.
Weisheit, Nachsicht in Dir drin,
ahne es und geb mich hin.

Wer möcht schon leben ohne Dich?
Dies weise Wort gilt viel für mich.
Ohne Trost der Waldesbäume
fehlen uns die Hoffnungsträume.

Deine Wipfel tausend Jahre rauschen,
tausend Jahre man wird ihnen lauschen.
Du gibst der Phantasie den Raum,
Du bist mein treuer Lebensbaum.

Sternenstaub

Der Anfall kam, wie schon viele Male zuvor. Erst diese brennende Kälte, die durch ihr Inneres brandet, sie erzittern lässt. Dann die Kopfschmerzen, die drohend aufziehen, wie eine Gewitterfront an einem heißen Sommertag. Krämpfe in den Gedärmen und eine Übelkeit, die sich erst kurz vor dem Erbrechen langsam wieder in sich selbst zurückzieht. Man hatte ihr gesagt, dass es besser werden würde, mit der Zeit. Dass ihr Gleichgewichtssinn sich an die fehlende Orientierung im Raum anpassen, ihr Körper sich bald an die schwimmenden Bewegungen in der Schwerelosigkeit gewöhnen würde. Nach spätestens drei Tagen wäre die Raumkrankheit vorbei. Das mochte für andere gelten, aber nicht für sie!

Seufzend klappte sie den Laptop zu und stieß sich vorsichtig vom Laborschrank ab. Ihre Schicht war beendet und sie wollte noch eine Zeitlang „den Duft der Milchstraße schnuppern", wie sie es nannte. Ihr Zustand besserte sich immer mehr, je näher sie ihrem Ziel kam, während sie durch die aneinandergekoppelten Blechdosen der ISS schwebte. Die altehrwürdige Raumstation war sichtbar in die Jahre gekommen und ihr feuriges Ende war abzusehen. Im nächsten Jahr sollte ihre Umlaufbahn soweit abgesenkt werden, dass der kontrollierte Absturz ein unvergessenes Ereignis für die Anrainer des Südpazifiks zu werden versprach. Sie lächelte bitter. Das schnelle Ende hatten sie beide gemeinsam, sie und die Station. Nur würde sie sich weniger theatralisch verabschieden.

Sie driftete um die nächste Ecke und dann war sie drin. Die Insektenaugen der Cupola, des Aussichtsmoduls, gaben den Blick auf das frei, was sie schon seit Kindertagen magisch angezogen hatte. Diese Wunderwelt da draußen, derentwegen sie eigentlich hier war, weshalb sie Astronautin geworden war. Der Blick aus der Cupola ließ sie alles vergessen, auch den schmerzhaften und letztendlich doch sinnlosen Kampf ihres Körpers gegen die Bösartigkeit pervertierter Zellen. Vielleicht, weil sie dann in ihren Sternen einfach versank, ihren Zustand für eine paar glückliche Stunden einfach vergaß. Nicht nur jenen Zustand, der einem Neuling in der Schwerelosigkeit meist die ersten Tage verdarb, sondern auch jener prekäre Zustand, der bei den medizinischen Tests vor ihrem Einsatz unbemerkt geblieben war. Die Krankheit, die jetzt ihr Leben bestimmte und es drastisch verkürzen würde.

Es hatte damit begonnen, dass ihre Gedächtnisleistung nachließ, dass ihre Konzentration litt und dass die Schlafstörungen zunahmen. Auch ihre Sehleistung schien hier oben langsam nachzulassen. Davon wusste aber nur Dave, ihr jüngerer Bruder und Neurologe am Greater Baltimore Medical Center. Und der hatte ihr seine Verschwiegenheit zugesichert, zumindest solange ihr ISS-Einsatz lief, der damit auch ihr letzter sein würde. Es hätte ihr das Herz gebrochen, wenn die Missionsärzte bei den Abschlusschecks etwas bemerkt und in Folge das Startverbot gekommen wäre. Aber sie hatte Glück gehabt, war einfach durchgerutscht. Für dieses eine Mal noch durfte sie sich ihren geliebten Sternen nähern. Der nahe Tod spielte jetzt keine Rolle mehr.

Ihr Blick ging hinaus in den sternenübersäten Raum. Und ihr Herz schlug nicht, es sang! Dieses grenzenlose Wunder schien für sie wie ein Gedicht ohne Anfang und Ende. Das da draußen war die Manifestation der menschlichen Unwichtigkeit und Bedeutungslosigkeit, sie selbst nicht mehr als ein Staubkorn in dieser unendlichen Weite. Schon immer hatte sie sich nach dem dunklen Nachthimmel und nach dem Feuerwerk der Sterne gesehnt. Dafür war sie auf die höchsten Berge gestiegen und tief in das Innerste einsamer Wüsten gezogen. Nur um diese erhabene Wahrheit zu erfahren, dass sogar diese Galaxie, die sich Milchstraße nannte, nichts Besonderes war, nur eines von Milliarden von Glühwürmchen in einem grenzenlosen Kosmos. Das Wissen, nur ein Einzelner unter Milliarden auf einem Planeten zu sein, der um einen von Milliarden von Sternen in unserer Galaxis kreist, die wiederum nur eine von Milliarden von Galaxien im Universum ist, hatte für sie eine andere Sicht auf das eigene Dasein eröffnet. Als sie sich auf diese kosmischen Wunder und Mysterien einließ, fand sie die bis dahin scharfen Kanten des menschlichen Alltags als nicht mehr so einschneidend, sich selbst nicht mehr so verletzbar, ihre tödliche Krankheit als nichts Beängstigendes mehr. Etwas Größeres, etwas Unendliches und Ewiges, etwas Schönes wartete da draußen.

Und je tiefer sie in dieses Wunder blickte, desto faszinierender fand sie auch den Gedanken, dass zahllose Generationen in der Menschheitsgeschichte dieselben Sterne betrachtet und dieselben Fragen dazu gestellt hatten. Jede Kultur, jedes Volk auf Erden hatte den Sternen seine eigenen Namen gegeben und eigene Geschichten dazu erzählt, lange bevor der Mensch die Geheimnisse des Kosmos zu enthüllen begann. Der Himmel war voll davon und auch sie hatte eine eigene, persönliche Geschichte über die Sterne zu erzählen.

Damals war sie zwanzig Jahre alt gewesen, stand der ersten schweren Familienkrise gegenüber. Ihr geliebter Dad lag im Sterben. Und auf einen Schlag schien die Welt plötzlich nicht mehr so heil und festgezimmert, schien aus den Fugen geraten zu sein und sie völlig zu überfordern. Es war gerade Winter in der nördlichen Hemisphäre und sie hatte noch eine lange Nachtfahrt vor sich, heim zu ihrer trauernden Familie. Es war eine verzweifelte Fahrt gewesen, über menschenleere, verschneite Highways. Aber immer tröstend begleitet von guten Freunden. Rigel im Sternbild Orion stand am Nachthimmel. Zusammen mit den anderen hellen Sternen des Wintersechsecks begleitete dieser sie durch diese scheinbar endlos lange Nacht. Gemeinsam mit Capella, Aldebaran, Sirius, Prokyon und Pollux. Auch in den belastenden Stunden, Tagen und Wochen danach waren sie immer für tröstende Momente da.

In dieser Zeit entdeckte sie ihre persönliche Passion. Sie wollte mehr über den unendlichen Raum da draußen erfahren und ihren menschlichen Horizont erweitern. Da kam das Studium der Sterne und Planeten gerade recht, was sie direkt in die Raumfahrtindustrie katapultierte. Bald war sie von Möglichkeiten umgeben, das Unbekannte zu studieren, die eigene Neugier zu befriedigen, in der Freude der Entdeckung zu schwelgen und einen tiefen Sinn darin zu finden, im galaktischen Sinn unwichtig zu sein. In ihr war eine stille Sehnsucht geboren, und deshalb war sie hier. Ihr Blick wanderte hinaus, durch Raum und Zeit, zu ihren Sternen. Zu Orion, dessen blinkendes Licht sie ihrem Dad gewidmet hatte. Seit damals suchte sie immer wieder dieses Sternbild, hielt in Gedanken Zwiesprache mit ihrem

Dad, erzählte ihm von ihren Sorgen, ihren Ängsten, so auch heute wieder. Manchmal retten uns die Sterne.

Sie musste sich losreißen. Sie musste ins Bett. Morgen wartete ein anstrengender Tag mit einem Außenbordeinsatz auf sie. Hoffentlich ohne Übelkeit, denn in den Helm zu kotzen war keine gute Option. Hätte sie sich nur einen Moment später umgedreht, sie hätte den winzigen Lichtfleck gesehen, der sich der Station mit beängstigender Geschwindigkeit näherte. Der dumpfe Knall des Einschlags hatte nur einen Wimpernschlag Zeit, sich in der explosionsartig entweichenden Luft der Station auszubreiten. Fragmente der Zerstörung ergossen sich kaskadenartig in alle Richtungen, in alle Orbits, mitten hinein in stolze Menschentechnik. In einer tödlichen Kettenreaktion millionenfacher Kollisionen machte in wenigen Tagen ein Kreis Anstalten, sich zu schließen. Satellitentrümmer trieben lautlos in ihren Umlaufbahnen. Sternenstaub trieb in der Stille des Alls.

Von Abschied und Vergessen

Ich steh an Deinem Grabe, mit Blumen in der Hand.
Ich denk an die Stunden mit Dir, an Lachen und Weinen.

Ich steh an Deinem Grabe, weiß nicht, was ich denken soll.
Lang ist unser Abschied her und doch war es erst gestern.
Ich wollte Dir noch so viel sagen und hab es doch versäumt.

Ich steh an Deinem Grabe, weiß nicht, was ich sagen soll.
Bin sprachlos, fürchte das Erinnern, das immer mehr schwindet.
Als Du gegangen bist, warst Du uns doch so nah,
warst immer in unseren Gedanken, in unseren Träumen.

Ich steh an Deinem Grabe, weiß nicht, was ich tun soll.
Will Dich halten, doch Du entgleitest immer mehr.
Das Gedenken an Dich weicht immer schneller,
Deine Gestalt entschwindet im Nebel der Zeit.
Und ich habe Angst, Dich ganz zu vergessen.

Inselhüpfen

Es war einmal ein Krieg. Ein Krieg, der sich vorerst nicht als solcher zu erkennen gab. Der das sinnlose Töten und Sterben verschämt verbarg. Hinter dem Vorhang einer blau-grünen See, glitzernd im Sonnenlicht wie weihnachtliches Geschenkpapier. Und unter dem samtblauen Baldachin eines Himmels, der diesen Teil des Pazifiks so besonders macht. Wasser und Himmel zu einem Gemälde verdichtet, von einem göttlichen Künstler auf die Leinwand der menschlichen Sinne gezaubert.

Gischt fegt den Bug hoch, in allen Regenbogenfarben schillernd, benetzt das Metall der Aufbauten und durchnässt die menschliche Fracht. Prachtvoll geknüpfte Korallenteppiche huschen unter dem Boot hindurch, besetzt von überschäumendem Leben, das nichts weiß von der Destruktion und dem Tod an der Oberfläche. Nur das Dröhnen der Schiffsmotoren stört diese Idylle – und die kauernden, vor Angst triefenden Gestalten der Marinesoldaten rund um mich herum. Ich höre noch das Geschrei der Möwen, die dem Boot folgen. Dann Stille. Eine Stille, die tosend meinen Kopf füllt. Und mir graut.

Vor dem dahinschießenden Bug taucht er auf: ein scheinbar einsamer, sonnendurchfluteter Strand. Eine Insel mit pudergleichem, weißem Sand und stolzem, aufrechtem Grün. Beim Näherkommen ändert sich alles. Immer dichter werden die dunklen Flecken auf Sand und Palmen, formen sich zu Haufen von Körpern, zu leblosen Menschenknäueln, zu versengten, verbrannten Palmwedeln. Und hinter der Palmenreihe ist noch etwas anderes fühlbar: Hitze, Schlamm, Dschungel und Moskitos. „He, guys – jetzt können wir's uns aussuchen, ob uns die Haie fressen oder die Japsen." Der Marineinfanterist neben mir ist bekannt für seine trockenen Kommentare. Es ist seine Art, mit der allgegenwärtigen Angst umzugehen. Der Kiel knirscht durch groben Sand und das Landungsboot kommt ruckartig zum Stehen. Vorher schon hat sich die Bugrampe in Bewegung gesetzt. Sie klatscht ins blutrot gefärbte Wasser und gibt den Blick frei auf Gewalt und Zerstörung. Die Luft ist plötzlich mit Krieg gefüllt und er schmerzt in den Ohren. Das Gebell von Maschinengewehren und Granatwerfern lässt die Angst heranfluten, die mich augenblicklich mit sich fortreißt.

Leichen liegen herum, einzeln, übereinander, ineinander, in losen Haufen auf dem Strand und im seichten Wasser. Tote, denen man wünschen würde, nicht hier zu liegen; fernab ihrer Liebsten und auf einem Boden, dessen Namen sie nicht einmal kennen. Wir stehen da, starren hinaus. Die ganze Szenerie wirkt wie mit Steinen beschwert. Dann spritzt das ganze Platoon, stahlbehangen, ins knietiefe Wasser. Stahl am Kopf und Stahl in den Händen. Und immer mehr auch kalter Stahl im Herzen. Wir waten an Land. Ein grimmig dreinblickender Sergeant stellt sich in den Weg, bellt uns an: „Marine Raiders, willkommen auf Guadalcanal. Auf keinen Fall den Strand hinauf. Immer der Wasserlinie entlang. Bewegt euch!"

Aber zu spät. Einer der Sanitäter hat ihn nicht gehört. Er will ihn nicht hören, will einfach nur helfen; den Körpern, die mit dem Gesicht voraus im Sand liegen. Er stolpert über ein Stück Stoff, das verdreckt herumliegt. Es ist die japanische Kriegsflagge, mit der roten Sonnenscheibe und den sechzehn roten Sonnenstreifen. Er erreicht den ersten Leblosen, der gar nicht so leblos ist, der sich auf die Seite dreht, der dem heraneilenden Helfer lächelnd entgegenblickt und etwas Eiförmiges an seine rechte Gesichtshälfte drückt. Dann der Knall der explodierenden Handgranate. Im Umkreis von mehreren Metern wird der Sand von noch mehr Blut, von noch mehr Gehirnmasse getränkt. Freund und Feind teilen sich den Ort ihres Untergangs.

Der Sergeant brüllt los. „Was hab ich Euch gesagt? Nicht den Strand hinauf! Diese Scheißkerle wollen sich gar nicht helfen lassen. Nehmen lieber so viel wie möglich von uns mit in die Hölle." Und die Hölle ist nicht irgendwo, sie ist hier und jetzt. Drei, vier Bulldozer nähern sich dem Strand. Wälzen sich in Richtung der losen Menschenhaufen, löschen jeden Rest von Leben unter ihren mahlenden Stahlketten. Da und dort geht eine Granate los. „Geht nicht anders. Bevor wir uns da raufbewegen, machen wir sie lieber alle platt…". Und ich habe geglaubt, alles gesehen zu haben. All das, was eigentlich niemand wirklich sehen will!

Am nächsten Morgen ist der Schlachtlärm vorbei. Und die in Raserei verfallene Kriegsmaschine wendet sich ab, der nächsten

Insel zu. Geht voran, auf Kosten der Menschlichkeit. Für die, die zurückbleiben, gibt es keine Zeit und keinen Ort, wo man sie gnädig hätte begraben können. Stille senkt sich auf ein Inselparadies. Nur hin und wieder ist des Nachts das Geräusch splitternder Knochen zu vernehmen. Die Überbleibsel des Krieges werden gnädig der Natur einverleibt. Und beim nächsten Morgengrauen singen wieder die Vögel. Und ich werde, wenn ich das Glück habe, zurückzukehren, für immer die Gewalt und den Hass in meinen Knochen haben.

Es war einmal ein Krieg. Wieder einmal…

Fluss des Lebens

Du streichelst meine Finger, mein Gesicht,
wohltuend und tröstend.
Du stillst meinen Durst, meine Sehnsucht,
lässt mich träumen von fernen Ufern.

Du formst den Stein, den ich hebe,
machst ihn glatt und rund.
Noch bildest Du Tropfen und rinnst,
träumend und still vor Dich hin.

Bald aber nimmst Du Fahrt auf,
rauschend und stürzend dahin.
Nimmst alles mit und deckst alles zu,
Schäumend und tobend – und dann todesstill.

Ich denk an den Strom der Zeit,
an den Fluss meines eigenen Lebens.
Ich denk an die Mäander, die ich wie Du genommen,
und ich erkenne – ich bin wie Du.

Eis, so heiß

Sie geht voran. Schritt für Schritt, Minute um Minute. Tagträume und Erinnerungen, seltsam fern und tiefgefroren. Es ist ein unsicheres Gehen. Ein Gehen, ziellos und ohne Aussicht, jemals anzukommen. Über ihr ein schieferfarbener Himmel, aus dem einzelne, auf sich allein gestellte Schneeflocken fallen. Gestockter Nebel, der das Auge trübt und das Gehen hemmt. Weißer Staub unter schlurfendem Schritt. Winterliches Grauen über der Landschaft. Und in der Seele. Kälte, die unter dünne Haut kriecht. Stille, die nur ein in Eis verpackter See zu lärmen imstande ist. Nur manchmal unterbrochen von der knisternden Unterhaltung der Eisplatten unter ihren Füßen.

Ihr Blick ist schon lange nicht mehr nach vorn gerichtet. Seltsam unbeteiligt und teilnahmslos fällt er auf dünnen Mantel und nackte Beine, auf zerschlissene Stiefel. Der Körper stumpf geworden von der gnadenlosen Kälte. Auch das Klappern der Zähne hat sich gelegt. Tiefgefrorene Gleichgültigkeit ist jetzt in ihr. Nur hin und wieder Gedankensplitter, die an die Oberfläche brechen, in diese hallende Stille hinein, die sich aber immer wieder dem festen Zugriff entziehen. Sie fühlt sich mehr und mehr, als würde sie fallen, ohne aufs Eis zu sinken. Auf dieses Eis, das so trügt und sie trotzdem trägt. Und darunter diese riesige Wasserwelt. Die zu locken, zu rufen scheint. Sie wünscht sich da hinab, unter diese kalten Platten, leblos treibend. Und sie dämmert dahin, spürt die Stichflamme des Schmerzes im Gesicht nicht mehr. Nur dieses dumpfe, innere Glosen, das aber jederzeit wieder auflodern kann. Sie lässt die Müdigkeit in ihr einfach geschehen. Eine Müdigkeit, die weitere Erinnerungsfetzen als Vorboten ihrer Tagträume mit sich schleppt.

An eine Zeit, als sie glaubte, dass alles gelingen würde, weil sie nur wenig wusste vom Leben. An die Schläge gestern Nacht. Die Ecke im Schlafzimmer, in die sie sich gepresst hatte. An die Galle, die sich seit Jahren in seinem Mund gesammelt haben musste. Die er dann auf einen Schwall erbrach, ihr entgegenschleuderte, wie seine geballte Faust. Die Hände abwehrend um ihren Bauch geschlungen, wollte sie nur schützen, was sie in sich trug. Das Blut, das danach auf ihr Nachthemd tropfte. Irgendwo aus ihrem Gesicht. Dieser wutschäumende Mann vor ihr war einmal ihr Idol gewesen, ihr väterliches Vorbild. Vor endlos langer Zeit. Aber irgendwann hat man keine Vorbilder mehr. Man weiß zu viel, über sich und die anderen. Lange Zeit glaubte sie, ihn ändern oder sich an ihn gewöhnen zu können. An ihn, an seine Zornattacken und Gewaltausbrüche, an den Alkohol. So wie ein Kind sich mit der Zeit an fast alles gewöhnt, auch an das Schlimmste. Sie hatte auf eine Änderung gewartet, so wie ein Verdurstender in der Wüste sich nach einer Oase aus Wasser sehnt. Und war dabei nur einer Fata Morgana nach der andern begegnet. Irgendwo und irgendwann hatte sie versagt, war gescheitert. Und dann hatte sie sich aufgemacht. In diesen frühen Morgenstunden des eisigsten Tages der letzten einhundert Jahre. In der Eile nur notdürftig bekleidet, zusammen mit ihrem ungeborenen Kind. Vor sich ein endlos langer Tunnel, so stockfinster wie ihre Verzweiflung.

Und sie erinnert sich. An wirbelnde Schneeflocken um die Laterne am Uferweg. Wie ein Schwarm Mücken im Sommer. Der heulende Wind, der sich mit Wolfszähnen im blutenden Gesicht verbeißt. Dort drüben die Anlegestelle für die Kursschiffe, mit der offenen Eisfläche dahinter, die sie magisch anzieht. Trotz der Angst, die mit ihr geht. Und sie muss lernen, dass Angst ihre eigenen Finger hat. Finger, die sich um ihren Hals legen und ihr die Luft nehmen. Sie will sich und das Kind nicht bei ihm zurücklassen. Nicht diesem Zorn und dieser Gewalt aussetzen. Sie hat abgeschlossen mit ihm, der einmal ihr ganzes Universum war.

Und die Stille tost in ihrem Kopf, während sie sich vorantastet. Seltsam heiß wird ihr jetzt. Welle über Welle flutet sie durch ihren geschundenen Körper. Sie muss sich erleichtern. Von der Last der Kleider. Auch das Kind in ihr wehrt sich jetzt gegen das Unvermeidliche. Wendet sich hin und her, scheint mit heftigen Bewegungen einen Ausgang zu suchen. Pocht mit kleinen Fäusten gegen die Gefängnismauern in ihrem Bauch. Schließlich lässt das Aufbegehren nach. Das Ende ist für beide nur mehr ein Gleiten, sanft, schmerzlos und ohne Lärm. Im Dahinschwinden empfindet sie den Tod als wahre Erleichterung, als tröstlichen Abschied vom Leben.

Kurzmeldung der Lindauer Zeitung vom 17. Februar 1963:

Vor der Rheinmündung wurde gestern in den frühen Abendstunden eine nackte, weibliche Frostleiche gefunden, die zudem noch ein ungeborenes Kind in sich getragen hat. Es handelt sich um die seit Tagen abgängige Frieda L. aus Wasserburg. Es wird angenommen, dass sie kurz vor ihrem Tod der sogenannten Kälteidiotie erlegen ist. Ein psychologisches Phänomen, dass Erfrierende denken lässt, ihnen wäre furchtbar heiß, sodass sie sich in Folge die Kleider vom Leibe reißen. Warum die arme Frau den eigentlich gesperrten See am kältesten Tag der Seegfrörne betreten hat, ist noch Gegenstand von Untersuchungen der hiesigen Polizei.

Ich hab dich gepflanzt

Ich hab Dich gepflanzt,
und dabei den Himmel gewonnen.
Ich hab Dich gepflegt,
und dabei Verantwortung gelernt.
Ich hab unter Deinem Dach geküsst,
und dabei an Liebe gedacht und vor Glück gelacht.
Ich hab so manches süße Wort in Deine Rinde geschnitten,
und dabei vor Verzweiflung und Schmerz geweint.
Ich hab auf Deinen mächtigen Wurzeln gesessen,
und über den Sinn des Lebens nachgedacht.
Ich hab unter Deinem Dache so manchem Sturme getrotzt,
und dabei gelernt, mich dem Wind des Lebens zu stellen.

Wir sind beide alt geworden.
Ich werde Dich vermissen!

Zu lang, zu lange schon …

Das Morphin entfaltete seine Wirkung. Das Morphin tat ihm gut. War wie immer sein Verbündeter, hatte es ihn doch durch all seine Siege und Niederlagen begleitet. Zwar hinterließ es bei ihm die schon vertraute Benommenheit, aber das würde vorübergehen. Bald würden sich die Schmerzen zurückziehen und das gleichzeitig eingenommene Pervitin ihn in die erwartete euphorische Stimmung führen. Die hatte er auch bitter notwendig, angesichts der verheerenden Umstände. Gleich würde auch seine rechte Hand nicht mehr so unnütz an seinem Arm baumeln, zitternd sich jeder Kontrolle entziehend. Die Hand, die er sonst immer krampfhaft am Rücken hielt, sie dort vor der Welt zu verbergen suchte. Ja, das Morphin und das Pervitin, sie hatten ihn nie enttäuscht, würden ihm auch jetzt weiterhelfen.

Der Mann im bodenlangen, dunklen Mantel und dem tief in die Stirn gezogenen Hut trat hinaus auf den abgedunkelten Vorplatz. Er hatte nicht schlafen können, hatte es im düsteren Zimmer des Gästehauses einfach nicht mehr ausgehalten. Er hatte rausgemusst – allein! Am Vorabend waren sie nach einer wahren Odyssee erschöpft im altehrwürdigen Fürberg angekommen, er mit einem kleinen Tross treuer Gefolgsleute. Angesichts der prekären Kriegslage und der frühen Jahreszeit waren keine Gäste hier und die Wirtsleute hatten ihnen, ohne Fragen zu stellen, die Schlüssel für diese eine Nacht in die Hand gedrückt. Brave Leute! Es gab ihn also doch noch, den deutschen Patrioten. Sie wussten nicht, wer da gerade unter ihrem Dach Zuflucht gesucht hatte, aber hohen Parteifunktionären stellte man keine Fragen, half gerne weiter. Und dank der an ihm vorgenommenen äußerlichen Veränderungen war er nicht als der erkannt worden, der er eigentlich war. Kurz nach ihrer Ankunft hatte es zu schneien begonnen und es war für den ersten Maientag ungewöhnlich kalt. Unsicher, in einem seltsam schlurfenden Gang, hielt er auf den See zu. Bald war er in der Schwärze des Uferwegs verschwunden. Die Nacht hatte sich hinter ihm geschlossen.

Seine müden Augen mussten sich erst an die Gestaltlosigkeit um ihn herum gewöhnen, während er fortwährend über dicke Wurzeln stolperte. In der fahlen Dunkelheit kroch der Weg nur so dahin, der Boden unter ihm form- und charakterlos. Inzwischen war eiskalter Wind aufgekommen, rauschte gegen die Bäume. Auch der Schneefall wurde dichter. Er fror und in seinem unrasierten Gesicht begannen sich Eiskristalle festzukrallen. Immer wieder musste er sich seine vor die Augen fallenden Haarsträhnen zurückschieben, in einer für ihn so typischen, grotesken Bewegung. Er hielt sich weiter auf dem schmalen Uferweg, doch dieser Weg wollte offenbar kein Ende nehmen, zog sich länger dahin als gedacht. Aber das schien ihm in letzter Zeit öfter so vorzukommen.

Dann hatte er gefunden, was er suchte. Eine offene Lichtung direkt am Wasser, wo er sich auf einem umgestürzten Baumstamm niederlassen konnte. Zu seinen Füßen wagte sich das Ufer mit einer dünnen Eisschicht einen knappen Meter aufs dunkle Wasser hinaus. Gegenüber, am anderen Seerand, duckte sich jämmerlich der schwach beleuchtete Ort unter dem niedergehenden Schnee. Und schlief, war sich der Anwesenheit eines alten, kranken Mannes nicht bewusst. Wie sollte er auch? Alle Welt vermutete ihn weit weg, als Teil eines Aschehaufens in einem von Bombentrichtern übersäten Hinterhof. Es war knapp gewesen, aber er hatte Glück gehabt, war noch rausgekommen. Ja, das Schicksal hatte wohl noch einiges mit ihm vor! Im Moment fühlte es sich gut an, wieder hier zu sein, an einem heimatlichen Bergsee zu sitzen und ein chaotisches Berlin im Todestaumel hinter sich gelassen zu haben.

Er hatte wahrlich Großes vorgehabt, aber umgeben von Hochmut und Heuchelei war es einfach unmöglich gewesen, anständig zu führen. Diese ganze Generalität, ein Haufen niederträchtiger Feiglinge und Versager, ohne Ehre! Er hatte bei Gott nie eine Akademie besucht wie diese Dilettanten, dieses Geschmeiß des deutschen Volkes! Aber er hatte es ihnen gezeigt, anfangs, als sie noch von Sieg zu Sieg geeilt waren. Und dann noch diese Verräter aus dem engsten Kreis, die sich in der Not aus dem Staub gemacht, eigenmächtig Verhandlungen mit dem Feind geführt hatten. Dieser fette, aufgeblasene Reichsmarschall, dieser Schmarotzer und Faulpelz, dieser korrupte Parvenü. Und dann noch der Reichsführer SS – ausgerechnet sein „treuer Heinrich“, von dem er es überhaupt nicht erwartet hatte. Welch hinterhältiges Komplott, welch ein Verrat – an ihm, am ganzen deutschen Volke! Sie gehörten alle an die Wand gestellt, würden irgendwann bezahlen mit ihrem eigenen Blut! Er ballte die gesunde Faust in seiner Manteltasche, Zorn loderte auf und er bebte, vermochte nicht zu sagen, ob wegen der eisigen Temperaturen oder der kalten Wut. Das jahrelang in seinem Mund gesammelte Gift wurde jetzt mit einem Schwall ausgespuckt und er schrie still vor sich hin.

Wenigstens Magda G. hatte Wort gehalten, das eingelöst, was sie ihm versprochen hatte. Ein Leben nach dem Untergang konnte sie sich nicht vorstellen, wollte so ein Leben auch ihren Kindern ersparen und hatte alle sechs in ihren Betten getötet, bevor sie sich selber das Leben nahm. Was für ein heroischer Akt, von dieser tapfersten Frau im ganzen Reich, ein Beispiel für kompromisslose, deutsche Opferbereitschaft. Unwillkürlich fasste er sich in die Manteltasche und fischte eine kleine Metallkapsel und die Taschenuhr daraus hervor. Beides ein Geschenk seines ach so „treuen Heinrich“. Beinahe neugierig hörte er dem leisen Schlagen der Uhr zu. Unter gleichmäßigem Ticktack-tick-tack trennte der Zeiger die Sekunden ab. Nur zwei davon und der Tod würde sich keine Zeit mehr nehmen, wenn einmal die Kapsel zwischen den Zähnen zerbissen war. Zyankali, die letzte Versicherung, den Zeitpunkt des eigenen Todes selbst wählen zu können.

Man konnte es wenden, wie man wollte und es war schlicht eine Tatsache: Keiner hatte ihn und seine Visionen je begriffen, auch nicht seine engsten Mitstreiter. Was hätte das Deutsche Reich doch für Möglichkeiten gehabt! Aber was hatte er immer gesagt: Das Leben vergibt keine Schwächen und das Mitleid ist eine Ursünd, ein Verrat gegen die Natur. Nur der Stärkere, der Bessere, überlebt. Er hatte sich in seinem Leben diesem eisernen Gesetz gehorchend jedes Mitgefühl versagt. Menschlichkeit war nur ein Geschwätz dieser Schweinepfaffen! Und wenn ein Krieg verloren ging, dann war es doch eigentlich vollkommen wurscht, ob dabei auch das Volk zugrunde ging. Ein Volk, das so versagt hatte, hatte nichts anderes verdient. Es hatte sich einfach als das Schwächere erwiesen. Darüber konnte man keine Träne weinen.

Und doch, vielleicht war die Erhöhung nur durch Untergang zu erreichen. Aus den Trümmern konnte ein gestärktes, ein neues Germanien erwachsen. Und auch er selbst würde aus den Fehlern der Vergangenheit gelernt haben. Er würde noch mehr Härte, noch weniger Mitleid zeigen müssen, eiskalt sein. Dieses neue, aus der Asche eines verlorenen Krieges auferstehende deutsche Volk würde den Feind wieder von der besetzten Heimatscholle über die Reichsgrenzen zurückjagen, zurück in die Steppen Russlands, zurück in die Normandie, über den Ärmelkanal und den Atlantik. Seine treuen Werwölfe würden dabei rücksichtslos vorgehen. Meinten die wirklich, er würde tatenlos zusehen, wie diese Judenschweine ihn abmurksten? Ein neues Bollwerk würde entstehen, ein neues Bollwerk gegen das Weltjudentum, den „Vergifter aller Völker". Es war alles vorbereitet. Morgen schon würde es Richtung Süden weitergehen. Ein U-Boot wartete dort auf ihn und damit ein neuer Anfang…

Er blickte nachdenklich auf die schweren, breiten Wellen des Sees. An ihren Oberflächen trugen sie weiße Schaumkronen, unter ihnen begruben sie nasskalte Geheimnisse. Er schauderte. Ein schwerer Stein um seinen Leib gebunden und er würde nie aufgefunden werden. Der Wind warf einen immer dichteren Vorhang aus Schnee heran. Er starrte in die Dunkelheit, auf der Suche nach Schatten in der Finsternis, auf der Suche nach dem, was nicht hier sein darf. Dann horchte er auf, das Knacken von Geäst drang an sein Ohr. Plötzlich war seine Angst groß und sein Atem klein. „Hessbach, sind Sie das?" Aus dem Dunkel der Bäume löste sich die vertraute Gestalt seines Adjutanten. Trat auf ihn zu. „Ja, mein Führer." Das Plopp der gedämpften Waffe verlor sich in den herabhängenden Schneematten der umliegenden Bäume.

Haiku-Variationen*

Gott so fern, so weit,
welke Blätter überall.
Fühl mich verloren…

Lichtdurchflutet blau,
Stille, Ruhe weit hinaus.
Versunken in mich…

Friedliches Wasser,
über mir das Firmament.
Ich, klein, so allein…

Das ist die Natur:
weiser Plan, weites Chaos,
und ich mittendrin…

Alles blüht und sprießt,
Wassertropfen groß und schwer.
Regen fällt aufs Land…

Unser Vater schon
hat diese Wasser geseh'n,
und Demut gespürt…

Rotbraunes Herbstlaub,
welches der Wind zu mir trägt.
Ende und Anfang…

* ist eine traditionelle japanische Gedichtform.
Meist dreizeilig mit der Silbenfolge 5-7-5.

Von Menschen und Monstern

Zitat Voltaire: „Geschichte ist ein Mississippi von Lügen“

Das Monster war von der Kette gelassen, fiel, ins Bodenlose. Nichts und niemand konnte es jetzt mehr aufhalten. Löste sich aus dem Bauch der Maschine, die sich erleichtert aufbäumte, von einer immensen Last befreit. Stunden zuvor war das Monster scharf gemacht worden. Dazu waren zwei von uns in den voluminösen Schacht gestiegen, hatten vier mit Kordit gefüllte Säckchen montiert und die Zündkabel angeschlossen. Damit war es aber noch nicht getan gewesen. Direkt über dem Zielgebiet musste noch einmal jemand hinunter, um die Sicherheitsstecker durch Einsatzstecker zu ersetzen. Jetzt erst war das Monster wirklich scharf. Schließlich wollte man bei einem so unausgereiften Zündsystem wie diesem nicht riskieren, dass es zu früh hochging – was uns als Besatzung natürlich auch ganz recht war.

In der Morgendämmerung dieses unheilvollen 6. August des Jahres 45 war unsere Maschine von der kleinen Marianeninsel Tinian aus gestartet. Aufgekratzt waren wir alle in die Maschine geklettert. Coole, stramme Jungs, alle zwischen zwanzig und dreißig Jahre alt. Ein bisschen stolz, dabei sein zu dürfen, mächtig stolz, ausgewählt worden zu sein. Alle in einem Alter, das sich der Illusion hingibt, dass alles gelingen würde, weil wir nur wenig von der Welt, von der Wirklichkeit um uns herum wussten. Und es fehlte uns Unerfahrenen die Erkenntnis, dass das Handeln immer Konsequenzen hat, mitunter ein ganzes Leben lang. Wenn man jung ist, weiß man das nicht. Man lernt es erst viel später, meist schmerzhaft.

Die langen Stunden unseres Zielanflugs wurden mit mehr oder weniger lustigen Anekdoten und Witzen verkürzt. Aber die verhaltene Heiterkeit war nur eine dünne Schicht Eis auf einem Meer aufgestauter Ängste. Unser Ziel war der Südwesten der japanischen Hauptinsel Honschu und dort eine Hafenstadt, deren Namen uns nichts sagte und den wir vor unserer Einsatzbesprechung noch nie gehört hatten. Draußen vor den Cockpitscheiben tobte ein heißer, wolkenloser August. Ideale Bedingungen also für ein Verbrechen wie dieses, für eine Sünde gegen Gottes Schöpfung. Über dem Zielgebiet angekommen stand mit einem Mal eine Stille wie gestockt im Cockpit, begleitet nur vom sonoren Brummen der Motoren. 7 Uhr 30 mahnte die große Borduhr über dem Instrumentenbrett, an der jetzt unser aller Augen hingen. Unter monotonem Tick-tack schnitt der Zeiger die Sekunden ab.

Jetzt erst wurden wir vom japanischen Frühwarnsystem entdeckt, und die Anspannung stieg weiter, breitete sich aus wie schlechter Geruch. Wir konnten uns nur allzu gut vorstellen, was sich da unten gerade abspielte. In den Halbruinen, die auf unserem Kurs lagen und die man mal wieder als mögliche Ziele betrachtete, wurden die Radiosendungen von entsprechenden Warnmeldungen unterbrochen. Fliegeralarm bellte durch die bedrohten Städte. Zwar war es in diesem Stadium des Krieges unwahrscheinlich, dass eine einzelne Maschine, meist ein harmloser Aufklärer, abgefangen wurde. Ein eklatanter Mangel an Treibstoff, Munition und Flugzeugen ließ die japanische Luftwaffe nur noch im Notfall aufsteigen. Wahrscheinlich würde der Alarm bald aufgehoben und nur mehr Warnungen an die Bevölkerung ausgegeben, bei Sichtung des Feindflugzeugs die Schutzräume aufzusuchen. Zudem war unsere Maschine vor dem Einsatz sorgfältig mit den Symbolen der aufgehenden Sonne auf Tragflächen und Rumpf versehen worden. Eine Tarnung, die bis hierher gut gegangen war.

In unsere sprachlose Stille hinein drangen plötzlich fremde Laute. Wir wussten, dass dieser melodische Singsang zu einem ahnungslosen Radarbeobachter am Boden gehören musste, der verschlüsselt nach unserer Identifizierung fragte. So wie es die Einsatzpläne vorsahen, mussten wir uns jetzt schleunigst als japanisches Flugzeug zu erkennen geben. Es war schon seltsam, aus dem Mund unseres Kommandanten die prompte Antwort in dieser uns so fremden Sprache zu hören. Und wir wussten auch, wie diese Antwort lauten würde: Unser Flugzeug wäre eine Beutemaschine, eine amerikanische B-29 auf einem Testflug mit einer japanischen Besatzung. Das sollte die da unten doch einigermaßen beruhigen. Unsere Nachrichtendienste hatten offenbar ganze Arbeit geleistet.

Aber jetzt war es ohnehin zu spät. Um genau 8 Uhr 15 Minuten und 17 Sekunden klinkte unsere Maschine in etwa zehntausend Metern Höhe also dieses Monster aus, von seinen Schöpfern liebevoll *Little Boy* genannt. Unser Kommandant war sofort mit allem, was die Motoren zu leisten imstande waren, in eine scharfe Rechtskurve gegangen, um möglichst weit vom vorausberechneten Explosionsort entfernt zu sein. Sofort nach Auslösung lief im Inneren des Monsters ein Uhrwerk an, das nach fünfzehn Sekunden die zweite Stufe der Zündung einleitete. Etwa zweitausend Meter über der unglücklichen Stadt starteten barometrische Höhenmeter die Zündungssequenz für eine Detonation in der als optimal erachteten Höhe von 580 Metern über Grund. Mein scheuer Blick fiel auf den in sich zusammengesunkenen Kommandanten neben mir. Ein leises Murmeln drang zu mir herüber, ein Gebet vielleicht? Und dann war das Monster von der Leine gelassen und die Gewalt der Zerstörung kam über die ahnungslose Stadt wie der Weltuntergang.

Der alte Mann blickte müde auf. Er sah es, verstand aber nicht. Eine kleine, gleißende Sonne stand einen Wimpernschlag lang drüben über dem Hafen. Sekundenbruchteile später blieb von dem alten Mann nur ein Schattenriss, vom Explosionsblitz auf die nächste Mauer gebrannt, ehe die Druckwelle seine Überreste davonfegte, so wie von Tausenden anderen Geschöpfen im Epizentrum der Detonation. Eine Druckwelle, die Hunderte Stundenkilometer schnell aus dieser Hölle heraus über die Stadt herfiel, wie ein reißender Wolf, massive Gebäude wie Kartenhäuser zum Einsturz brachte und deren Trümmer, groß und klein, wie Geschosse durch die Luft katapultierte, Tausende Seelen und ihren armseligen Besitz vor sich her spülte, menschliche Lungen und Ohren zerfetzte, sie mit unzähligen inneren Blutungen sofort tötete. Hätte der alte Mann nur ein paar Sekunden und irgendwie das über ihn hereinbrechende Inferno überlebt, er hätte entsetzt mitansehen müssen, wie sich die Feuersbrunst des Monsters durch die größtenteils aus Holz gebauten Häuser fraß, gierig und schnell. Ein Flammensturm gewaltigen Ausmaßes, der binnen Minuten der Stadt jeglichen Sauerstoff zum Atmen entzog und durch hochgiftige Gase ersetzte. Auf die zurückbleibende, leblose Staubwüste regnete es Stunden danach noch Aschefetzen und strahlendes Gift von einem verdunkelten Himmel. Wer das fragwürdige Glück gehabt hatte, weiter entfernt gewesen zu sein, mochte vielleicht die Hitze und die Druckwelle überlebt haben, nur um dann qualvoll an kollabierenden Körperzellen und Organschäden zu sterben.

Wir waren zu diesem Zeitpunkt bereits mehr als vierzehn Kilometer entfernt, saßen mit dem Rücken zum Geschehen, als der Himmel vor uns im Widerschein der Explosion aufleuchtete. Vierzig Sekunden später holte die Druckwelle das Flugzeug ein, was uns mächtig durchschüttelte. Und was heute noch bei mir für schlaflose Nächte und eine frostige Gänsehaut sorgt, war dieser unirdische Lärm, der die Maschine bis in ihre letzte Ecke ausfüllte, wie das Brüllen eines zornigen Gottes. Erst viel später sollten wir erfahren, was über diese unglückliche Stadt und ihre Bewohner hereingebrochen war. An die 80.000 Menschen starben sofort, mindestens noch einmal so viele an den Spätfolgen des wütenden Monsters. Paradoxerweise waren die Zerstörungen, die es angerichtet hatte, so umfassend, dass die japanischen Militärs zuerst gar nichts davon mitbekamen. Niemand von denen, die überlebt hatten, war imstande gewesen, eine entsprechende Mitteilung weiterzuleiten, weil jedwede Kommunikationsmöglichkeit unterbrochen war. Es dauerte zehn Stunden, ehe man in der Hauptstadt Tokio überhaupt erfuhr, dass es dort eine ungeheure Explosion gegeben hatte, und niemand konnte sich erklären, was geschehen war.

Im Cockpit unserer Unglücksmaschine herrschte gespenstische Stille, war gefüllt mit Betroffenheit. Nicht nur die Wärme schien sich in uns zu stauen, auch die Last des eigenen Gewissens schien uns in die Sitze zu pressen. Aber noch erdrückender war das Wissen, dass wir nach unserer Rückkehr für diese Tat nicht mit Orden behängt, nicht als Helden gefeiert werden würden. Wir hatten in den Hintergrund zu treten, unsere Namen würden kommenden Generationen vorenthalten bleiben. Ein anderer Kommandant, eine andere Besatzung würde per Eid bis an deren Lebensende dazu verpflichtet werden, an unsere Stelle zu treten, stellvertretend für uns die Verantwortung vor der Geschichte zu übernehmen. Eine Frage der nationalen Sicherheit, wie es hieß. Der Mann an meiner Seite starrte minutenlang ins Leere, übergab dann das Steuer und wuchtete sich aus dem Pilotensitz. Mit Tränen in seinen asiatischen Augen verließ Sugiyama Konoe, genannt Sugi, das Cockpit unserer Maschine. Unser Nisei* hatte seine Pflicht als Patriot erfüllt.

*Amerikaner japanischer Herkunft

Pressemitteilung vom 5. November 2007:

Paul Tibbets, ehemaliger Pilot der *Enola Gay*, verstarb am 1. November nach längerer Krankheit in seinem Haus in Columbus, Ohio. Über die Todesursache ist nichts bekannt. Tibbets wurde 92 Jahre alt. Nach Abschluss eines Medizinstudiums trat er 1937 dem Army Air Corps bei. 1942 übernahm Tibbets das Kommando über das 340. Bombergeschwader, wo er 25 Einsätze mit der B-17 über dem europäischen Kriegsschauplatz absolvierte. Danach leistete er 400 Flugstunden im militärischen Testeinsatz der B-29 Super Fortress. 1944 wurde er in das Manhattan-Projekt eingeweiht und war schnell zuständig für die Organisation und das Training einer Einheit zum Atombomben-einsatz für Kriegszwecke. Am 6. August 1945 steuerte Tibbets den B-29-Bomber *Enola Gay* über Hiroshima, Japan, und warf dort die 5-Tonnen-Atombombe *Little Boy* ab, die geschätzte 100.000 Menschenleben forderte. Dieser Einsatz war der erste Abwurf einer Nuklearwaffe im Krieg, dessen Ende damit massiv beschleunigt wurde. Am 9. August setzten die USA eine zweite Bombe über Nagasaki ein, was die Japaner wenige Tage später kapitulieren ließ. Der Zweite Weltkrieg war damit beendet. Tibbets hat bis zu seinem Tod den Einsatz der Atombombe und seine Rolle dabei mit den Worten verteidigt: „Das unbedingte Ziel war es, die Kämpfe schnellstmöglich zu beenden, um weitere dramatische Verluste an Menschenleben auf beiden Seiten zu verhindern. Darum habe ich es getan."

Gemeinsam

Gemeinsam den Lebensweg gehen,
alle Höhen und Tiefen sehen.
Gemeinsam weinen und lachen,
sich manchmal Sorgen machen.
Gemeinsam streiten und zanken,
sich versöhnen, im Wir nicht wanken.
Gemeinsam Leidenschaft leben,
in der Umarmung beben.
Gemeinsam Aufmerksamkeit schenken,
an das Glück des Anderen denken.
Gemeinsam die Welt bestaunen,
über deren Vielfalt raunen.
Gemeinsam die Familie wagen,
und für das Anvertraute Verantwortung tragen.
Gemeinsam über ein Kind wachen,
das Leben damit bunter machen.
Gemeinsam es nicht zu fest umfassen,
ins eigene Leben ziehen lassen.
Gemeinsam in den Sonnenuntergang gehen,
dabei zueinanderstehen.
Gemeinsam im Strom der Zeit,
der uns fortreißt, so schnell, so weit.

Gemeinsam dankbar alt werden.
Du mit mir, ich mit Dir!

Nur um die Ecke

Die versammelten Pressevertreter waren beeindruckt. Die Ausführungen des Tourguides am VLT, dem *Very Large Telescope*, Teil des Paranal-Observatoriums der ESA auf einem Andengipfel hoch über der nordchilenischen Atacama-Wüste, boten sensationelle Einblicke in den neuesten Stand der Astronomie. Der Mann hinter dem großzügigen Pult in der Mitte einer noch großzügigeren Bühne gefiel sich sichtlich in der Rolle des Vortragenden: „Auch dort, wo der Himmel dunkel ist und das Band der Milchstraße unsere Sicht zu bestimmen scheint, ist der Nachthimmel voll von Sternen, die wir mit unseren bescheidenden Mitteln kaum sehen können. Bei solchen Sternen handelt es sich meist um rote Zwerge. Sie sind kleiner, kälter und lichtschwächer als unsere Sonne, aber im Universum wesentlich verbreiteter als andere Sonnenklassen. Neueste Forschungen zeigen, dass diese roten Zwerge drei Viertel der Milliarden von Sternen allein in unserer Galaxis stellen. Da ist es schon interessant, dass diese Population seit Jahren von Astronomen auf der Suche nach Exoplaneten, also Planeten außerhalb unseres Sonnensystems, sträflich übersehen wird. Erst seit kurzem wissen wir aber, dass höchstwahrscheinlich über fünfzig Prozent dieser kleinen Sonnen, dieser roten Zwerge also, potentiell bewohnbare Planeten in ihren Umlaufbahnen haben. Diese enorme Wahrscheinlichkeit führt uns zu der reellen Annahme, dass wir auf der Suche nach einer zweiten Erde gar nicht so weit gehen müssen. Eine riesige Anzahl roter Zwerge befindet sich nämlich in unmittelbarer Nähe zu unserem Sonnensystem, also quasi bei uns um die Ecke!“ Er musste gurgelnd lachen, als ob er gerade einen guten Witz erzählt hätte. „Dort finden sich möglicherweise bewohnbare Planeten in der habitablen Zone, also im perfekten Abstand zu ihrer Sonne, wo Leben überhaupt erst möglich ist. Leider haben wir hier auf der Erde nicht die Teleskope der Zukunft, die es uns erlauben würden, einen Blick auf so eine Welt zu erhaschen. Aber was uns seit kurzem zur Verfügung steht, ist das James-Webb-Teleskop in einer Umlaufbahn über unseren Köpfen, das unsere Sicht ins All um Welten verbessert hat. Und da sind wir vor kurzem auf etwas sehr Dramatisches gestoßen. Aber sehen Sie selbst. Wir haben hier für Sie eine kleine Animation vorbereitet, die Sie auf einen Flug in unsere kosmische Nachbarschaft mitnehmen soll."

Die riesige Projektionsfläche an der Stirnseite des Pressezentrums erwachte zum Leben, zeigte eine verblüffend realistische Darstellung des Sonnensystems, von dessen drittem Planeten sich ein imaginäres Raumschiff auf den Weg machte, hinaus Richtung Pluto. „Wir verlassen jetzt das Sonnensystem, sind bereits im interstellaren Raum. Unser Ziel ist Gliese 876, nur ein paar Lichtjahre von uns entfernt. Wir sehen, um diesen roten Zwerg kreisen acht Planeten, wobei der vierte von besonderem Interesse scheint. Gliese 876d ist zwar in der habitablen, lebensstabilen Zone, aber für unsere Verhältnisse immer noch zu lebensfeindlich – zu trocken, geringes Magnetfeld und damit ein zu hohes Strahlungsniveau. Was uns aber verblüfft hat, sind die drei Monde um diesen Planeten, und da vor allem einer, der nach ersten Spektralanalysen tiefblau erscheint, fast so wie unsere gute alte Erde, wenn man sie aus dem Weltall betrachtet." Der Wissenschaftler machte eine dramatische Pause, blickte kurz an die Decke und räusperte sich: „Meine Damen und Herren, glauben Sie mir, wir alle hier würden viel dafür geben, auf diesem vorerst namenlosen Mond einmal in dessen Wasser zu baden!"

Oemor lag auf einer der zerfledderten, schon hundertmal geflickten Liegen auf der Aussichtsplattform des heruntergekommenen, namenlosen Drifters, der schon seit seiner Geburt sein Zuhause war, und das Zuhause mehrerer Generationen vor ihm. Dämmrige Dunkelheit umgab ihn, während er in den erhabenen Anblick der beiden Vollmonde über ihm vertieft war. Dann senkte er seinen Blick hinaus auf das dunkle Wasser, das seine dahintreibende kleine Welt von allen Seiten umgab, den Strömungen eines gigantischen, unendlich tiefen Ozeans ausgesetzt. Dieses Meer schien ihm unzerstörbar, auch tausend Drifter würden auf ihm keine Spuren hinterlassen. Und es sah jeden Tag anders aus und blieb sich darin doch bis in alle Ewigkeit gleich. Er hatte alte Bilder von Wüsten gesehen, als fester Boden noch Teil dieser Welt gewesen war. Jetzt erschien ihm dieses Meer wie eine grenzenlose Wüste, wie ein Gesang ohne Anfang und ohne Ende.

Zwar gab es noch mehr dieser Drifter, dieser treibenden Inseln auf dieser scheinbar endlosen Wasserwelt, aber die Wahrscheinlichkeit, anderen zu begegnen, war praktisch null. Bis zu dieser schicksalsträchtigen Nacht vor vier Monden. Wie üblich um diese Jahreszeit war die Dunkelheit urplötzlich aus dem Himmel gefallen und gleichzeitig aus den Wellen gekrochen. Die Sterne hatten gefunkelt wie die Augen der jungen Frau, die sie aus dem Wasser gefischt hatten. Er war mit Freunden unten im Nassdock gewesen, mit ihren Harpunen auf der Jagd nach den zahlreichen Fischen, die im Kielwasser der schwimmenden Stadt diese stets begleiteten. Ihr Kopf war urplötzlich aus den Fluten aufgetaucht, hatte dabei keuchend gegen das Ertrinken angekämpft. Sie hatten ihr ein Tau zugeworfen und sie dann total erschöpft auf die Plattform gezogen. Da lag sie nun, wie aus ihrer Welt gefallen, und keiner konnte sich zunächst ihre Herkunft erklären. Wahrscheinlich aber war sie von einem entgegenkommenden Drifter auf paralleler oder sich kreuzender Strömung ins Wasser gestürzt, vielleicht in einem wahnhaften Anfall gesprungen oder gar gestoßen worden. Aber warum? Alle diesbezüglichen Fragen prallten an ihr ab, sie blieb stumm wie ein Fisch. Hatte es damit zu tun, dass vor ein paar Tagen Land an ihnen vorbeigezogen war, ein kegelförmiges, sich aus dem Wasser erhebendes Gebirge aus Fels und Stein? Ein extrem seltenes Ereignis, wollte man den Aufzeichnungen glauben. Nur alle paar Jahrzehnte nämlich ließ das unendliche Blau sich herab, eine Insel auszuspucken. Meist unerreichbar für Drifter, die sich ohne Antrieb nicht aus den Meeresströmungen lösen konnten. Und aus den Aufzeichnungen wusste man auch, dass es diesmal sogar zwei Inseln waren, die im Abstand von vier Tagen aus dem Meer auftauchen würden. Vorausgesetzt natürlich, das

Wassermonster hatte sie in den Jahren davor nicht wieder verschlungen. Solche Landsichtungen waren eine besondere Herausforderung, musste man sich doch dann immer um die sensiblen Seelen der Drifter-Gemeinschaft sorgen. Es hieß, zu solchen Zeiten würden sich die Verzweifelten häufen, die dem Ozean ein für alle Mal entfliehen, das nasse Grab hinter sich lassen wollten.

Die junge Fremde war vom Sicherheitsdienst in einen Verwahrungsraum im Innern der treibenden Stadt geführt und dort weggesperrt worden. Misstrauen und Verachtung war ihr überall entgegengeschlagen. Hier unterhalb der Wasseroberfläche, wo in Aquakulturen Pflanzen als Lebensmittel für die über zweitausend Bewohner des Drifters angebaut wurden, fanden sich auch die Verwahrungsräume, reserviert für meist geisteskranke, randalierende oder sterbende Mitbewohner. Oemor selbst war vom Drifter-Rat mit der Aufgabe betraut worden, den ungeliebten Neuzugang mit dem Nötigsten zu versorgen. Mehrmals am Tag war er bei ihr gewesen, hatte sie aber immer mit Neugier und Respekt behandelt. Am Anfang standen sie sich misstrauisch und befangen gegenüber. Doch vor ein paar Tagen hatte sie zu reden begonnen, hatte sich ihm anvertraut. Ailuj, wie sie hieß, hatte von ihrer Sehnsucht nach festem Boden unter den Füßen erzählt, nach dem Geruch warmer Erde, nach sattem Grün und trockenem Braun. Davon, dass sie zwar auf dem anderen Drifter eine Familie hatte, aber ihre Seele ob der Enge dort immer obdachloser geworden war. Und von ihrem verzweifelten Wunsch, diesem schwimmenden Gefängnis zu entkommen. Und da kam diese Insel gerade recht. Sie war den Lockrufen dieser einmaligen Gelegenheit erlegen und hatte sich in der Nacht in die dunklen Fluten gestürzt, wollte irgendwie dieses trockene Eiland erreichen. Während sie das erzählte, hatte sie geweint und er hatte sie in die Arme genommen. Und dann war es um ihn geschehen gewesen, und er und sie waren plötzlich nicht mehr allein. In dieser Nacht versank er in ihr wie ein Taucher im Wasser. Was aber danach kam, war die schmerzvolle Erfahrung, dass nichts schwerer zu ertragen ist als eine Reihe glücklicher Tage, wenn man immer Angst haben muss, etwas Glückliches zu verlieren.

Oemor seufzte, riss sich los, erhob sich und betrat die Aufzugsröhre, die den kreisrunden Drifter wie eine Achse durchzog. Die Liftanlage war wegen fehlender Ersatzteile schon seit Jahrzehnten außer Betrieb. Es blieb ihm also nichts anderes übrig, als die hundert Höhenmeter über mehrere Wohndecks hinab zur Schaltzentrale durch das Treppenhaus zurückzulegen. Der Lift war auch nicht das Wichtigste, das am Laufen gehalten werden musste, in dieser heruntergekommenen, künstlichen Welt. Viel essentieller war die technische Betreuung des Gezeitenkraftwerks und der Windgeneratoren. Ohne konstante Energieversorgung wäre das Leben auf einem Drifter schnell zu Ende gewesen. In der Zentrale angekommen, stellte er die Strömungsbremse auf vollen Ausschlag. So war gewährleistet, dass der Drifter in der Strömung deutlich abgebremst wurde, um sich dann im Nassdock gefahrlos ins Wasser gleiten lassen zu können. Dann hastete er zurück ins Treppenhaus und noch einmal hundert Meter hinunter in das „grüne" Unterdeck mit seinen Verwahrungsräumen. Die Gedanken klapperten jetzt wie Würfel in seinem Kopf. Nicht mehr lange, bald würde sich sein Leben von Grund auf ändern, bald würde er diese ewig schwimmende Welt hinter sich lassen.

Sie nahmen sich kaum Zeit für eine Umarmung, liefen Hand in Hand, voller Angst und Hoffnung, wieder hoch zum Nassdock, das einmal für die Aufnahme anlegender Schiffe gedient hatte. Dort setzten sie sich auf die metallene Bordkante, ließen ihre Füße baumeln, keine zwei Meter über der dunklen Wasserfläche. Voller Bangen warteten beide auf das Auftauchen des gelobten Landes. Und dann sahen sie es, den dunklen Kegel im Morgendunst, einer Trutzburg gleich, sich aus dem Moloch aus Wasser erhebend. Wie lange würde es wohl dauern, sich im rechten Winkel aus der Strömung zu kämpfen und dann das rettende Ufer zu erreichen? Mit ein paar Stunden würden sie wohl rechnen müssen. Und der Zeitpunkt des Absprungs musste ebenfalls gut abgewogen sein, sonst würden sie Gefahr laufen, an der Insel vorbei zu treiben, wie der Drifter selbst, aber meilenweit von dessen relativer Sicherheit entfernt. Sie zählten die Sekunden, blickten sich in die Augen, dann waren sie im Wasser. Der

Wind hatte unterdessen zugelegt, die See war deutlich rauer geworden. Sie hielten sich an den Händen, schluckten Wasser und versuchten sich quer aus der Strömung heraus zu kämpften. Und dann ließ diese tatsächlich nach, zerrte nicht mehr so alles verschlingend an ihnen. So schwammen sie Hand in Hand dem vermeintlichen Paradies entgegen. Zuerst gewann die Insel vor ihnen immer mehr an Kontur, wuchs an. Und im selben Ausmaß wuchs auch ihre Hoffnung und mit ihr der Durchhaltewillen. Bis zu jenem Zeitpunkt, an dem sie plötzlich realisierten, dass das Anwachsen des kegelförmigen Eilands vor ihnen immer langsamer erfolgte, schließlich gar stoppte, sich ins Gegenteil verdrehte. Die Erkenntnis traf sie wie ein Schock. Das Land entfernte sich wieder aus ihrem Gesichtskreis. Eine kraftvolle, tückische Meeresströmung hatte sie wieder erfasst, trieb sie vorbei an den Gestaden der Insel, die scheinbar schon zum Greifen nahe gewesen war, wieder hinaus ins unendliche Blau. Dann glitten ihre Hände aus seinem Griff, eine Woge hatte sie beide auseinandergerissen. Schnell waren zwei, drei Meter blaugrünes Wasser zwischen den beiden Unglücklichen. Er sah ihr verzweifeltes Gesicht, der im Rauschen der Gischt verhallende Schrei, dann der stille, zärtliche Blick, den sie ihm zuwarf, voller Dankbarkeit und Wärme, bevor sie im Nichts verschwand. Sein Rufen, sein Schreien half nichts, brach schließlich ab. Er brachte keinen Laut mehr hervor, fühlte sich wie eingefroren in der Zeit. Er war wieder allein, und das Ende war nur mehr ein Gleiten, sanft, schmerzlos und ohne Lärm. Aber alles daran war richtig…

Stiller Feind

Ein Zug fegt durch das Land,
drückt jeden an die Wand.
Er hält nicht an, er rast vorbei,
als ob er ein Tsunami sei.

Ein Zug fegt durch das Land,
er dabei viele Opfer fand.
Trägt nämlich tödlich Fracht mit sich,
droht mir und ängstigt mich.

Ein Zug fegt durch das Land,
zerreißt auch das Familienband.
Kann meine Kinder nicht umarmen,
der stille Feind, ohne Erbarmen.

Ein Zug fegt durch das Land,
zeigt uns, wie wir nur gebaut auf Sand.
Kann meine Enkel nicht mehr sehen,
der stille Feind lässt es geschehen.

Der stille Feind grassiert an jedem Ort,
ist immer da, geht nicht so einfach fort.
Aber eines, stiller Feind, das merke:
Zusammenhalt heißt unsere Stärke.

Lasst uns Hürden auf die Gleise legen,
dass er bremsen muss, nicht fegen.
Für unsere Schwächsten wir den Abstand halten,
und unser Zusammenleben neu gestalten.

Ein Zug fegt durch das Land.

Ich mag keine Märchen

Diese Geschichte ist fiktional und frei erfunden. Ähnlichkeiten mit lebenden und verstorbenen Personen sind nicht gewollt und rein zufällig.

Ich mag keine Märchen. Zumindest keine, wo gemordet, vergiftet und verbrannt wird. Keine, in dem die Protagonisten verschlungen oder erschlagen oder ihnen die Augen ausgekratzt werden. Keine, bei denen einem selbst beim Vorlesen schon Angst und Bang wird. Nein, ich lese Julia, meiner über alles geliebten Enkelin, lieber altersgerechte, weltumarmende Gute-Nacht-Geschichten vor, die sie sanft und friedlich einschlafen lassen. Wieso mit gewalttätigen Erzählungen die kindliche Psyche belasten, den unschuldigen Schlaf nehmen? Der Sturm des Lebens bläst einem noch früh genug ins Gesicht, mit all seinen Verletzungen und Heimsuchungen. Ich weiß, wovon ich rede! Mit leiser, beruhigender Stimme lese ich also vor, das Kind hängt gebannt an meinen Lippen. Dabei will Julia immer dieselbe Geschichte hören: *Bei Nacht sind alle Hamster laut.* Und ich bin geduldig, lese sie Abend für Abend mit Begeisterung vor. Dabei ist es für mich immer wieder berührend mitzuerleben, wie viel Freude Wiederholungen machen, wenn man ein Kind ist. Ich schließe den Buchdeckel, decke sie zu, drücke einen Oma-Kuss auf die kleine Stirn. Sie presst sich ihre Susi ins Gesicht, nuckelt noch ein paar Minuten an dem Stofftier, dann schließt sie die Augen und dämmert brav hinüber. Und ich bin glücklich. Mein kleiner Engel, ich werde immer auf dich aufpassen, immer an deiner Seite sein, wenn du mich brauchst, so wie ich immer auf deine Mutter aufgepasst habe. Wir drei zusammen sind ein starkes Team in diesen schwierigen Zeiten, ganz ohne Männer. Und ich denke beim leisen Verlassen des Zimmers: Selig die Seele, die solch geliebte Menschen um sich hat.

Ich schaffe es gerade noch rechtzeitig. Draußen im Gang bricht es aus mir hervor. Mir wird siedend heiß, die Zunge beginnt an meinem Gaumen festzukleben. Das Herz rast und der Atem wird kurz. Meine Brust zieht sich zusammen, Enge macht sich breit. Ich muss an die frische Luft! Taumelnd verlasse ich das Haus. Julia schläft friedlich vor sich hin, bekommt nichts mit von der Not der Oma. Im Vorgarten lege ich mich keuchend auf den Liegestuhl, konzentriere mich auf meinen Atem. Ein und aus, ein und aus, ganz ruhig, Irmi! Denk an die Yoga-Übungen gestern Vormittag. Den Atem aus den Zehen über den Bauch in die Nase ziehen, rechte Seite ein und über die linke Seite hinab zu den Zehen wieder hinaus, und umgekehrt, ein und aus. Ich weiß mittlerweile damit umzugehen, ist ja nicht das erste Mal. Und ich klammere mich wie immer an die Hoffnung: Was schnell kommt, ist auch schnell wieder vorbei. Langsam lässt der Druck nach, die Panikattacke zieht sich wieder in eine der verborgenen Katakomben meiner Seele zurück. Irgendwo da drin versteckt sich das Verdrängte und meldet sich zwischendurch wieder zurück. Hey, ich bin wieder da, ich sorge dafür, dass du es nicht vergisst! Erst jetzt nehme ich meine Umgebung wieder wahr. Unheimlich still ist es ringsum, kein Verkehrsrauschen, kein Partylärm aus den Nachbargärten. Ein kleiner Virus hat alles aussetzen lassen, das grenzenlose Treiben der Menschen an die Wand gefahren, die allgegenwärtige Gier bestraft. Es hatte ja nicht so weitergehen können, es hatte ja irgendwann so kommen müssen! Es dunkelt bereits, die Solarleuchten im Garten springen an, der Vollmond steht am Himmel. Die Säufersonne, wie mein geschiedener und schlussendlich dahingeschiedener Mann immer zu sagen pflegte. Gott hab ihn selig! Ich muss jetzt schlafen gehen, morgen wartet ein anstrengender Tag auf mich. Aber mir graut ein wenig davor. Mein Herzschlag wird wie immer laut sein, er wird mich nicht einschlafen lassen.

Nach einer mehr als lausigen Nacht fahre ich früh am nächsten Morgen mit dem Fahrrad durch einen sonnigen, ins neue Jahr geschnittenen Frühling, durch eine scheinbar wiedererstarkte Natur, die pandemiebedingt die von Menschen geleerten Räume füllt. Mit Gesichtsmaske und Sicherheitsabstand mache ich die Besorgungen für meine Klienten, im Lebensmittelgeschäft im Dorf. Ich gehöre zwar selbst zur Risikogruppe, aber es würde mir nicht einfallen, meine Schäfchen in Zeiten wie diesen im Stich zu lassen. Und sie warten auf mich, einsam in ihren Häusern und Wohnungen, die sie nicht verlassen dürfen. Warten auf meinen Besuch wie Fromme auf ein Wunder, im festen Glauben, dass ihre freundliche Betreuung vom Mobilen Hilfsdienst vorbeikommt, ihnen in schwierigen Zeiten Trost und Hilfe zukommen lässt. Als ich eintreffe, sitzt Frau W. schon in freudiger Erwartung in ihrem Schaukelstuhl, den sie vor der Eingangstür ihres Reihenhäuschens platziert hat. Sie ist dick, hat ein rotes Gesicht und sieht aus wie im Sommer die Äpfel in ihrem weitläufigen Garten. Am Zaun halte ich an, lege ihr die Einkaufstasche auf den Rasen und halte sie mit neuesten Informationen auf dem Laufenden. Frau W. beginnt zu weinen, erzählt von ihren Kindern und Enkeln, die sie kaum zu Gesicht bekommt, zu verstreut in aller Welt sind sie. Und die wenigen geliebten Menschen, die noch vorbeikommen, sind flüchtige Schatten auf Distanz. Sie versteht nicht, was gerade vor sich geht, und ich versuche zu trösten, Mut zuzusprechen. Sie ist mir über die Jahre ans Herz gewachsen und es tut mir in der Seele weh, ihre Verzweiflung und ihre Angst zu spüren. Bei Frau K. um die Ecke ist es dasselbe Elend. Sie kann ihren Mann im Altersheim nicht besuchen, in dem schon einige dem tückischen Winzling erlegen sind. Es kann doch nicht richtig sein, dass ausgerechnet im Frühling, wenn draußen die Sonne mild am Himmel steht, wenn die Natur zu neuem Leben erwacht, in den Heimen der Menschen mehr und schneller gestorben wird. Wo bleibt denn da der Herrgott? Sie hat ihren Mann schon einige Tage nicht gesehen und nichts von ihm gehört, und sie vergeht fast vor Kummer und Angst. Ich verspreche ihr, mich darum zu kümmern. Wenigstens ein regelmäßiges Telefonat sollte möglich sein.

So geht es bis am Mittag und dann kehre ich reichlich erschöpft zurück zum Mittagsherd, zu meiner kleinen Familie, zu Julia und meiner Tochter, die nach einem aufopfernden Nachtdienst im Krankenhaus im verdunkelten Zimmer schläft und die Nacht zu vergessen sucht. Aber in Zeiten wie diesen geht es allen so. Eigentlich führe ich also ein ganz normales Leben, liebe meine kleine Familie, bemühe mich um die Alten und Schwachen. Ich werde von meiner Umgebung geschätzt und meine soziale Kompetenz wird anerkannt. Was will man mehr? Und doch trage ich ein Geheimnis mit mir herum, wie eine verschwiegene Infektion.

Der Nebel ankert in dem Wäldchen, das den kleinen Parkplatz an der Rheintalautobahn umschließt. Auch der einzelne Wagen, der an diesem frühen Morgen einsam unter den weit ausholenden Ästen einer uralten Fichte steht, ist kaum auszumachen. Die Frau betritt den kalten Asphalt und steuert zielstrebig auf das parkende Fahrzeug zu. Dabei greift sie in ihre Manteltasche, befühlt das kalte Metall. Alles ist bereit. Beim Näherkommen nimmt sie die heruntergekurbelte Seitenscheibe wahr, den Qualm, der kräuselnd sich seinen Weg aus dem Wagen sucht. Sie ist sorgsam bemüht, im toten Winkel der Außenspiegel zu bleiben. Typisch für ihn: ein protziger amerikanischer Straßenkreuzer und ein Joint zwischen den gelbgefleckten Zähnen. Typisch für ihn und für seine Art von Geschäft. Hier wartet ein Dealer auf seine bekiffte Kundschaft. Einer muss es ja tun. Sie zieht die nicht registrierte Walther P.38 aus der Tasche, ein verschwiegenes Erbstück ihres Großvaters, eine Hinterlassenschaft aus kriegerischen Zeiten. Lautlos tritt sie an die Fahrertür. Sein Gesicht wendet sich ihr zu, erstaunt zuerst, dann starr vor Schreck, fast so, als wäre der Tod schon vor dem Geschoss in ihn eingedrungen. Dann drückt sie ab, direkt in das Gesicht des Mannes, der ihre Tochter beinahe ins Verderben gerissen hätte. Dabei mag sie keine Märchen, wo gemordet wird…

Der heimtückische Anschlag auf A.W., der an eine regelrechte Hinrichtung erinnert, konnte bis heute nicht aufgeklärt werden. Motiv und Täter bleiben, über 30 Jahre nach der furchtbaren Tat, noch immer völlig im Dunkeln.

An unsere Kinder

Wir, die wir dahinleben, ohne jeden Gedanken
an das Morgen, an die Zukunft unserer Kinder.
Wir, die wir raffen im Übermaß, auf Kosten anderer dieser Welt.
Wir, die wir auf Pump leben
und die Rechnung kommende Generationen begleichen lassen.
Wir, die wir die Luft, das Wasser, die Erde ausweiden, ausbeuten,
so, als ob die Schätze der Natur nie ausgehen würden.
Wir, die wir Pflanzen und Tieren langsam den Garaus machen
und den Generationen danach
das Dasein auf Erden verkürzen, schier unmöglich machen.
Das sind wir!

Wir hatten es einst eingesehen,
waren gewillt, Fehler wiedergutzumachen.
Die Führer dieser Welt hatten die Weichen rechtzeitig gestellt,
die Vernunft des Menschen scheinbar bestätigt.
Die düstere Zukunft unserer Kinder schien abgewandt,
doch dann kam alles anders.
Politik und Macht scherten sich nicht mehr darum,
opferten das Schicksal dieser Welt am Altar des Mammons,
führten die Menschheit zurück auf den Pfad des Untergangs.
Das waren wir!

Die Kinder von morgen werden sich erheben,
sich an uns erinnern,
an die Zerstörer, die Henker einer einst lebenswerten Welt.
Wenn das Klima versagt
und die Ressourcen dieses Planeten zu Ende gehen,
werden unsere Kinder auf uns zeigen
und wir werden wissen – wir haben Schuld auf uns geladen.

Vergebt uns!

Wenn der Berg weint

Im Rückblick betrachtet habe ich großes Glück gehabt, ich lebe noch. Dabei hatte es in diesen Dezembertagen des Jahres 1915 gar nicht gut ausgesehen. Es war bitterkalt gewesen beim Aufstieg auf den Sextenstein. Und der Schnee fiel so dicht, dass man kaum die Ohren des vorauslaufenden Maultiers sehen konnte. Und als ob das noch nicht genug gewesen wäre, hämmerte ein tosender Sturm gegen unsere gebeugten Leiber. Wir waren eine Karawane aus Mensch und Tier, eine verlorene Kolonne in Eis und Schnee, sich keuchend hinaufkämpfend an einer der steilen Gebirgsflanken dieses kaum kriegsentscheidenden Bergs. Auf unseren Rücken schleppten wir kaltes Metall, Stück für Stück vollständig zerlegte Haubitzen und Maschinengewehre. Mit mir schleppten Dutzende Soldaten und Maultiere diese sperrigen Stahlmonster über steile Eis- und Schneehänge nach oben, zogen sie, wo es ging, an Flaschenzügen, die mühselig in den Felswänden angebracht worden waren, in die Höhe, zu unseren Stellungen direkt unterhalb des Gipfelgrats. Aber nicht nur die schweren Waffen drückten auf unsere Wirbelsäulen, brannten in unseren Muskeln und brachten uns mit jedem Schritt näher auf eine nicht enden wollende Hochebene des Schmerzes. Auch Proviant, Munition, Sprengstoff und Ausrüstung waren vom Campolongo-Sattel über Cortina und das Gemärk in das Sextertal und von dort den furchteinflößenden Berg hinaufgeschafft worden. Ich selbst hatte auf meinem Rücken die schwere Last von mehreren Kanthölzern zu tragen, für den Stellungsbau im Hochgebirge unerlässlich. Wir als Trägerkolonne waren uns dabei unserer Wichtigkeit durchaus bewusst, kamen doch auf einen Kämpfer in der Gebirgsstellung sechs bis zehn Mann und ebenso viele Maultiere, die zu seiner Versorgung notwendig waren. Also ohne uns kein Hochgebirgskrieg, kein Dolomitenkrieg, keine Gletscherfront.

Aber bei jedem dieser Aufstiege mussten wir verdammt aufpassen, sowenig Lärm wie möglich machen, um bei Hangquerungen nicht von der gegnerischen Artillerie entdeckt zu werden. Die hatte es sich zur Angewohnheit gemacht, durch sofortigen Beschuss von Schneewechten oberhalb der Querung den Abgang von Lawinen auszulösen, und das hätte für uns den sicheren Untergang bedeutet. Die dunklen Uniformen der Soldaten und das dunkle Fell der Maultiere boten zudem, gegen den Hintergrund der weißen Hölle, ein hervorragendes Ziel. Helle Überzüge über die Uniformen waren damals eher die Ausnahme. Überhaupt war der weiße Tod überall, immer bereit auszuhelfen, wenn der andere, der stählerne Tod einmal versagen sollte. Er stand beim Posten auf der Feldwache. Er stapfte hinter den Trägerkolonnen im brusttiefen Schnee, er hockte als ständiger Gast auf den Pritschen der primitiven Unterstände. Aber die leichteste Beute der weißen Bestie mit ihren gierigen Tatzen waren die Männer der Trägerkompanien, das waren wir. Lawinen, die überall in die Tiefe schossen und alles mit sich rissen, sie waren allgegenwärtig. Für eines war diese weiße Bestie aber nicht verantwortlich: die einst zahlreichen Gämsen, die diese Alpengegend so berühmt gemacht hatten, waren schon in den ersten Kriegsmonaten von hungrigen Soldaten beider Armeen erlegt worden. Jetzt musste alles zum Überleben in eisige Höhen geschleppt werden, wo sogar das wenige Brot in den Tornistern gefror. Gott schütze uns vor dem, was Mensch und Tier manchmal aushalten müssen.

Neben mir trottete einer der Träger mit schwerem Armeemantel und dünner Feldmütze, fluchte unentwegt vor sich hin. Sein Bart war völlig vereist und schwer, beugte den Mann sichtlich vornüber. Oder war es doch nur seine Rückenlast? „Kruzifix und Kruzifix, wo bleibt denn dea Herrgott? Dia Kältn und dia Lahnen … sind boald schlimmere Feind … als dia welschen Maronifressa.“ Aber Gott schien ihn nicht gehört zu haben, schien nur die Natur um uns herum noch weiter in Raserei fallen zu lassen. Und dann hatten wir es fast geschafft. Unterhalb der Stellungen, kurz bevor wir sie zu Tode erschöpft erreicht hatten, mahnten schon die ersten Steingräber, die Gräber des Sommers, vom Krieg und der menschlichen Unmenschlichkeit. Also ich weiß nicht, wie es anderen dabei geht, aber mir scheint, wenn man vor einem Grab steht, spürt man das Alleinsein und die Verzweiflung doppelt.

Träger wankten Richtung Tal an uns vorbei, ihre hölzernen Tragegestelle beladen mit ans Holz gebundenen Verwundeten und Toten, die in der tiefgefrorenen Erde nicht bestattet werden konnten. Sie zogen den Verwesungsgeruch hinter sich her. Eine Trage blieb mir in besonderer Erinnerung, darauf ein Schwerverwundeter, dessen abgerissenes Bein noch in seinen Wickelgamaschen neben seiner Hüfte lag. Und dann die Stellung selbst: armselige Holzunterstände in mehreren Stockwerken unterhalb des Gipfels, der Mief da drin zum Schneiden dick. Strickleitern führten von den Unterständen zu den einzelnen MG-Stellungen und Schützennestern, hoch oben am Grat. Zur letzten Linie vor dem Feind führten Sturmstiegen, gesichert mit Seilen und Sandsäcken und dann nichts. Dort oben im Gipfelnebel eines tödlichen Niemandslands lagen sie sich auf Handgranatenwurfweite gegenüber, die Österreicher in ihren Sturmstellungen, die Italiener am Gipfel und es wurde täglich gekämpft. Scharfschützen, Stoßtrupps, Nahkämpfe.

Mir schauderte beim Gedanken an den Kampf Mann gegen Mann. Der heldenhafte Sturmangriff der Vergangenheit hatte im feindlichen Maschinengewehrfeuer nicht nur an Glanz, sondern auch beträchtlich an Durchschlagskraft eingebüßt. Die vordersten Linien rannten im Kugelhagel meist ums nackte Überleben und beim befohlenen Anhalten waren die keuchenden Soldaten außerstande, ihre Karabiner in Ruhe anzulegen und zu feuern. Was logischerweise folgte, war also der Sturmangriff mit Bajonett, Sturmdolch und Handgranate, vorausgesetzt, man erreichte überhaupt lebend die feindlichen Linien. Außerdem hatten die armen Soldaten im hochalpinen Gelände alle Hände voll zu tun, an Fels- und Eiswände gepresst nicht den Boden unter den Füßen zu verlieren. Man war also gezwungen, das unhandliche Gewehr zurückzulassen und dem Gegner im Handgemenge gegenüberzutreten, Aug in Aug. Man kehrte dabei zur Urform des Kampfes zurück, wie vor Tausenden von Jahren. In den feindlichen Gräben und Unterständen wurde wieder nach Steinen gegriffen oder nach einem Infanteriespaten oder einem Totschläger. Oder es wurden mit mittelalterlicher Wucht gar Morgensterne oder Streitkolben geschwungen.

Die Geschützkavernen im untersten Stockwerk der Anlage warteten schon sehnsüchtig auf unsere Zustellung. Tschin-Bums nannten unsere Gebirgstruppen verniedlichend die gelieferten Maschinengewehre und Bufferln die schweren Geschütze. Mannschaften standen schon bereit, diese eisernen Todbringer wieder raschestmöglich zusammenzusetzen. Die Wirkung der Artilleriegeschosse war im Hochgebirge nämlich weitaus desaströser als in den Ebenen der Westfront. Die Granaten schlugen aus Fels und Eis Gesteinstrümmer, die selbst wieder wie Granaten wirkten und deren Splitter kaum weniger gefährlich waren. Noch verheerender war es, wenn Granaten in steile Wände einschlugen, an denen die abgesprengten Felsbrocken zu Steinlawinen anschwellend in die Tiefe donnerten und unrettbar alles zerschlugen, was nicht in sicherster Deckung war. Dasselbe galt natürlich für Lawinen. Wir hatten das Glück, die Nacht in der Kaverne verbringen zu dürfen, auch wenn Mensch und Tier in diesen Höhen, zu dieser Jahreszeit, beinahe am Erfrieren waren. Weiter hinten in der Kaverne ein schier endlos langer Tunnel. Mineure gruben sich hier in das Innere des Berges, um unter Einsatz von Tonnen von Dynamit den Gipfel und damit die feindlichen Stellungen weg zu sprengen.

Am nächsten Morgen dezemberliches Grauen, schieferfarbener Himmel über den eisbedeckten Bergen. Und dann kamen die Rollbomben. Findige italienische Köpfe hatten sich diese Ungeheuerlichkeit ausgedacht, im Schutze der Nacht von feindlichen Sturmtrupps über unseren Köpfen in Stellung gebracht. Tödliche Minen, die man über die steilen Felswände abrollen ließ, um damit gegen den in den Felsen eingenisteten Feind vorzugehen und seine Stellungsanlagen dem Erdboden gleichzumachen, wenn diese schon für andere Kampfmittel schwer erreichbar waren. Wie große Felsbrocken kullerten die zentnerschweren Bomben donnernd über die Wände, rissen riesige Mengen von Steinen und Schnee mit und explodierten im Sturz durch ihren Zeitzünder, zerlegten die Stockwerke der Unterstände in ihre Bestandteile. Glücklich die, die dieses Inferno in den Kavernen überstanden, wenn auch reichlich trommelfellgeschädigt. So waren wir, die Überlebenden, an diesem Morgen damit beschäftigt, in den zertrümmerten Unterständen nach den Toten und Halbtoten zu suchen. Es waren aber nicht mehr viele, bei denen es sich gelohnt hätte, sie zu bergen, wenn überhaupt noch was von ihnen übrig war. Dann kam der Rückzugsbefehl und so schnell es ging stiegen wir, Mensch und Tier, wieder ins Tal ab, ließen in Panik alles zurück. Hier gab es nichts mehr zu halten. Gemäß Anordnung hatten wir uns in die Talstellung im Gemärk südlich Schluderbach zurückzuziehen. Ein ausgemergelter, verzweifelter Haufen stapfte dahin zurück, von wo er einen Tag vorher, mit mehr Hoffnung im Gepäck, hergestapft war. Jetzt drückte uns nicht mehr die Schwere der Rückenlast zu Boden, viel mehr die Last des Erlebten, Gesehenen, Gehörten. Kennen Sie dieses Gehen, das niemals anzukommen scheint, dieses Gehen in tiefgefrorener Gleichgültigkeit? So wankten wir talauswärts, bis wir nach einem Tagesmarsch dort mehr tot als lebendig ankamen. Der einzige Trost, den wir uns immer wieder einredeten: Es gibt kein Leben ohne schreckliche Zeiten, ohne Verwundungen und ohne Katastrophen, und jetzt waren eben wir dran.

Auch hier in diesem engen, sonst so idyllischen Tal lagen sich auf beiden Seiten die Gräben und Unterstände der gegnerischen Linien lauernd gegenüber. Aber nur hin und wieder kleinere Artillerieduelle, Schusswechsel. Am zweiten Tag unserer Ankunft wagte sich unser Bataillonskommandant, bewaffnet mit einem Fernrohr, vor die Stellungen und beobachtete die italienischen Linien. Dann stand er auf: „Auf dia Entfernung treffn dia nit mol an Elefanten." Sekunden später riss ihm der Schuss eines Scharfschützen die rechte Gesichtshälfte weg. Wieder ein Toter, wieder ein Begräbnis. Und während der Feldgeistliche noch dabei war, eine Schaufel Schnee und Erde in die offene Grube zu werfen, spürten wir, die in den Unterständen zurückgelassen worden waren, dass sich etwas Atmosphärisches zu verändern begann. Der Boden unter unseren Füßen begann zu vibrieren und unheilvolle Geräusche kündigten sich an. Es dauerte nicht lange und der ganze Talkessel füllte sich mit dem Knallen und Dröhnen abgehender Lawinen, die wie Wasserfälle von den steilen Berghängen zu beiden Seiten des Tals herabtosten. Mensch und Tier stürzten aus den Gräben und Unterständen auf beiden Talseiten, versuchten im Chaos die einigermaßen sichere

Talmitte zu erreichen. Die, die es geschafft hatten, drängten sich bald in dichten Haufen zusammen, Freund und Feind, Mensch und Tier, offen und ungedeckt, wie auf dem Kirchplatz nach der Sonntagsmesse, blankes Entsetzen in den verwilderten Gesichtern. Zu beiden Seiten des Tales tosten die Schneemassen von den steilen Hängen, alles mit sich mitreißend, in den sicheren Tod. Italienische Alpini-Augen in frostbeulenübersäten Gesichtern blickten in die Augen von verlausten, vollbärtigen Standschützen der Kaiserjäger, voller Panik und vergessener Feindseligkeit. Der neue gemeinsame Feind war eine besessene, von der Leine gelassene Natur. Mehr als eine halbe Stunde zitterte die schneebedeckte Erde, wob Nebel von Schneestaub über dem Talgrund, schoben sich die Ausläufer der Lawinen gefährlich nahe an die Überlebenden heran. Vergessen waren vorerst der Morgenstern, das Bajonett, die Handgranate, das Gift, der Groll und der Hass. Nach dem Abebben des Infernos sah man sich noch eine Weile betreten und scheu in die Augen, manch einer legte die Hand zum Gruß an sein Käppi oder seine Feldmütze. Dann wagten sich die Ersten wieder hinaus, schaufelten sich wieder zurück in die eigenen, fluchtartig verlassenen, verschütteten Unterstände. Danach war es ein paar Tage seltsam ruhig im Tal. Nur die dickfellige Beharrlichkeit des Kriegsalltags war immer noch da, ließ uns einfach nicht los.

Doch dann heulte wieder der Höllenhund heran. Das Produkt einer verwilderten Wissenschaft, geladen mit dem Schlimmsten, hieb einen haushohen Springbrunnen von Erdreich und Schnee, von Feuer, Eisen und zerstückelten Menschen und Tieren in die vereiste Landschaft. Ich vermag kaum zu zählen, aber ich glaube, es waren allein in unserem Abschnitt Dutzende, Mensch und Tier. Dutzende Unglückliche waren jetzt eins, vermengt im Tod. Ich bin ja kein Zampano im Denken und ich kann mir nicht erklären, warum Menschen überhaupt Kriege führen. Aber ich bin ja auch nur ein dummes Maultier!

Bedenkzeit

Ich sitze im Garten, lausche nur
und höre der Stille zu,
die ihr Verlangen stillt,
und keinen Missklang zulässt,
kein menschliches Getöse,
kein Lärm von Menschenhand.
Ich höre nur
das Flüstern und Wispern des Windes,
der mir zuraunt:
Hör gut zu!

Ich habe die Augen geschlossen,
atme, ein und aus, ein und aus,
höre die Spatzen schwatzen,
die Bienen brummen,
die Schmetterlinge lachen.
Hör auch mir zu,
meinem Atem, meinem Herzschlag,
dem Rauschen in meinen Ohren.
Hab ich davor jemals zugehört?

Es sind erinnerungswürdige Zeiten,
es sind besinnliche Zeiten.
Es ist Bedenkzeit.

The End

Bildquellennachweis:
S. 8 © Dmitriy Syechin | Adobe Stock,
S. 14 © TSpider | Adobe Stock,
S. 16 © Anon | Adobe Stock,
S. 22 © vololibero | Adobe Stock,
S. 24 © Adrienne | Adobe Stock,
S. 28 © jovannig | Adobe Stock,
S. 30 © JM | Adobe Stock,
S. 34 © ryszard filipowicz | Adobe Stock,
S. 36 © shery | Adobe Stock,
S. 42 © eltonmaxim | Adobe Stock,
S. 44 © magann | Adobe Stock,
S. 50 © aletia2011 | Adobe Stock,
S. 52 © Argus | Adobe Stock,
S. 60 © iuneWind | Adobe Stock,
S. 62 © Ricardo Ferrando | Adobe Stock,
S. 68 © jukuraesamurai | Adobe Stock,
S. 70 © Wolfgang | Adobe Stock,
S. 78 © Unclesam | Adobe Stock

Der Autor

Arno A. Gander, geboren 1955 in Bregenz, war nach seinem Technikstudium fünfunddreißig Jahre im eigenen Ingenieurbüro in der Schweiz tätig. Nun befindet er sich im vorgezogenen Ruhestand und verbringt einen großen Teil seiner Freizeit mit dem Lesen von Büchern und dem Schreiben eigener Texte. Der Autor ist Absolvent der Frankfurter Cornelia Goethe Akademie für Literarisches Schreiben; neben zahlreichen bereits veröffentlichten Kurzgeschichten in diversen Anthologien und im Erzählband „SeelenMeer" des novum-Verlags ist auch ein erster Roman im Entstehen. Arno A. Gander ist verheiratet und lebt mit Frau und Tochter am Bodensee.